風を待つ日の

野田かおり歌集

青磁社

＊目次

春雨 7
いちごしふぉん 17
夏至 24
微風 30
手のひら 38
だし巻き卵 41
umbrella 44
壷を運ぶ 50
岸辺 53
ときどき、東のほうへ 57
キリン商会 61
花野通信 64

小春日 70
匙 74
After dark 80
冬のひかり 88
Kのこころ 92
いちぐわつ 99
あかりの影に 105
胡桃パン 109
春の夜 114
ひかりの崩れ 121
someday 129
あとがき 132

野田かおり歌集

風を待つ日の

春雨

「いつか」とは生者の言葉と知るわれに泳ぎはじむる緋色の魚

粉薬飲みつつをれば休校の校舎の窓に降りゆく雪は

一枚のコピー用紙のぬくみから春の寒さを指先は知る

描ければ魔法陣でも　中庭をななめに雨は打ちつけてゆく

ムスカリのむらさき揺れて休校の延長あるいはマスクの群れか

うちくだく力を欲せり卒業の生徒とともに春ゆきぬべし

春雨に冷ゆる鉄扉を閉ぢゆけば異界のごとき校舎とならむ

花瓶より花を捨ててゆく朝の、パリ、東京、死者の気配す

かたちなき怒りがつづく机にて小さき音たて紙を裂きけり

人事などもわもわとして春の夜のサッポロ一番やはり塩あぢ

悪口が言ひたくなつて菜の花が崖のところで頑張つて咲く

考へることを忘れて春の夜に包み続ける餃子の餡を

納豆に辣油をたらすこの春は戦争にたとへられてばかりで

ほのほのと運ばれてゆく福祉科の春の準備のマネキン一体

ひかりつつ鳥のねむりのかたちして祈りのなかにハクモクレンは

痛みごと大人になりてゆくやうにハクモクレンの花のふくらみ

積み上げし本を眺めて昼なかを過ぎてゆくもの　森閑として

そのうちに忘れてしまふ日だけれど四月一日新聞を読む

休校の延長決まりチョコレートひとかけ割りぬ春のゆふぐれ

Google に仮想の教室立ち上がり春雨続くこの国の鬱

黙ながき四月の夜よ定時制高校のそば墓地はならびて

ゆゆゆゆとひとの集まる職場ゆゑ在宅勤務選びて帰る

湯を注ぐ人のこころの奥深く盛り上がるごと珈琲の豆は

中盤に記憶喪失率高し韓国ドラマにやすらぐこころ

肌寒き春の空気を逃しつつレターパックに課題を詰める

新しい生徒が来て呼ぶセンセイは手に豆殻をころがすごとし

牛乳と粉をまぜては思春期が二度来るといふこゑ　プリンを冷やす

鷺が飛ぶ　リスク見ざるに議論消す〈生徒のため〉は聖句のごとし

ぼやぼやとものの形を崩しては菜の花あふるる岸が近づく

いちごしふぉん

春の怪奇のひとつとならむ笹かまの袋が道に落ちてゐて
駆けつこの子どものやうに花びらの流るる道が続いてゐたり

住宅のしづもるなかに縄とびは投げ捨てられてゐたりけるかも

春はなほ汚れてゆけり公園の蛸型遊具も黄砂にまみれ

やうやうに赤のうするるさびしさよ蛸型遊具の蛸のあたまは

逃げられて途方にくれる男児ゐて鬼可哀さう遊びと言へど

豚玉と海老玉焼けてほとんどはどうでもいいよ川は流れる

紅生姜その酸きことも生と思ふ走る人らが対岸にゐる

行方知れずの官女のごとく公園のヒカンザクラのうすきくれなゐ

阿闍梨餅置かれてゐたり春先の職員室のつくえの上に

触れたればひんやり安心するやうなナイフになりたし春風のなか

からつぽは幸せなればまどろみてお相撲中継見てゐるゆふぐれ

夜はだれかのこころの檻で迷子かもしれない右手をゆるくつなぎて

徒波《あだなみ》のごとくにこころさざめきてパンにはバター多めに塗りぬ

あたたかな暮らしといへばこのじかん金木犀の茶葉を掬ひぬ

まばらなるひとのかたちの美しく浜辺の春は過ぎにけるかも

タンバリンやあやあ鳴らす子のやうに葉桜けふは光を散らす

いちごしふぉんいちごしふぉんといふときの頬のあたりがふあんな春だよ

夏至

鮎を釣るひとが戻り来　六月の通勤はじめ川ばかり見て

夕刻の空の色だけ自由あり四階までをゆつくり上がる

Escher のみどりの栞くれた兄　のぼり続ける階段の絵の

たたかひのあとを告げゆく六月の校舎の影に鵜の羽は

十代の自死のニュースが流れ来る緊急事態宣言明けて

人の死は数字にならず枇杷の木に夕べのひかり差し込んでくる

風の緒を握りしめて生まれてはまた風となる黒き揚羽の

袖口につきしチョークを払ふとき中庭の夜は広がりてゆく

左手に手袋雑巾アルコールスプレー右手　もう夏至が逝く

音のなき雨をながめてアルコールスプレーふりまく六月の夜

さんちかのおろしトンカツ食べたしとさくさく机を放課後に拭く

午後九時をはじまりとして円になり部員四名ラケットを振る

高く高くシャトルを撃てば水鳥のはねの残滓が宙にこぼれて

スイッチを消せば夏の闇となり体育館は沼の匂ひす

もう少し明るい雨が欲しかつた桃のケーキは眠りを誘ふ

風に触れひるがへりゐしブラウスを夏の夕べにたたみてをりぬ

微風

立ちならぶ生徒の上をひらひらと黄蝶舞ひ来て学期はじまる

みづうみの光かへしてゆくごとくさざめき立ちぬ教室の窓

青空はすぐそこにありゆつくりと銀のペンシル回す親指

平原の馬の耳立つさまを思ふやう少年少女を眺むる午後は

同僚のノストラダムスの行方聞き微風なるままそよぐわたくし

人形に臍のくぼみのあることのＡＥＤ練習のさびしも

永遠に真昼が続くかのやうに打ち合ふボールを見てをりわれは

「先生はポーカーフェイス過ぎ」女生徒は白兎のごと言ひて去る

懐疑ならあるのだらうか　われになき少年のひかる喉を見てをり

垂直に立つことのなき憂ひあり少年たちの手のひらの檸檬

振り上げてみれば傾斜のゆるやかな黒板といふ原野、風を待つ日の

野のむかうまで帰らうとして葬列のひとつのやうに文字は並びつ

さびしい窓が風に逢つた日　さらさらと砂のひとつぶ机に届く

手のひらを鳴らしたあとでわれよりも先へゆく風　宇宙を吹いてきた

誰のものにもなつてはやらぬ掌の傷一つぶん修羅となりし日

（なぜ人はいつも遠くへばかり行かうとするのか）周回遅れの風がほころぶ

忘れもの探して椅子をなほしつつ教室のなかに夕陽とわれと

姫椿しやらしやららん撫でてゆく夕片まけて制服の子と

雨ののち廊下をゆけば窓の影ひとつひとつが光の棺

何もかも夢と呟く生徒ゐて真白き百合があはひに咲《ひら》く

校門を抜ければ空は生ぬるくサーモンピンクに武装解除する

教室にカーテンふくらみ夏の日の誰かの影が笑ひ合つてゐた

手のひら

生きる意味ふいに問はるる夏の朝　白き付箋を思春期に貼る

目の昏さ思ひ出づればゆふぐれにガクアジサイは自照してゐつ

神撫町と宛名を書けばむらさきの夜のふかさに雷はひらめく

木と象と仏像、象の膚《はだ》のみに触れしことなきわれの手のひら

職歴のしづかなること思ひつつ西瓜の種を吐き出してをり

くす玉を割りたるやうな夜の果てコメダ珈琲にて手紙を書いて

だし巻き卵

夏の夜のお店は光り検温を済ましたひとにおしぼりが来る

ほよほよとおぼろこんぶはのせられて旧友に似る揚げ出し豆腐

コロナ禍の仕事についてメニューから卵料理を選びて話す

小さめの声で話すよ地続きの災禍を照らすだし巻き卵

揚げたてのサーモンフライ大陸の発見みたいな料理に笑ふ

周庭の逮捕のニュース流れきて香港の夏の行方は〈Won't there be an umbrella《もう傘はない》 any more?《の？》〉

夜の窓辺に顔うつくしく照らされてカフェにはみんなひとりの空間

umbrella

失ひしものがあかるく迫り来て夕べに枇杷の木は立ちてをり

夕焼けを壊したやうな髪留めのピンのひとつだけわたしであれば

会ひたいと言はずに帰る　雨はまだ弱いけれども傘が欲しいね

何か言ひたきことがありデラウエアの粒のひとつを噛んでゐる夜

舌を良きくぼみにあてて揺れうごく背骨の終はりあなたの湖《うみ》は

私語《ささめごと》　腋のところを探りつつ言葉が果つるまでをいとしむ

知りたいと思ってほしい後ろから抱きしめられて光が遠い

泣くのかと、聞かれて泣けず瑠璃色の器にプリンふるふるしてる

さう言つて差し込む舌は　いつまでも打たれてゐたい夕立だつた

知らなくて抱ける性を思ふとき百日紅のあか濃くなるばかり

指ばかり見てしまふ午後まひるまの月のしろさを探すふりして

いつか泣くのだらうか夏の雨通りてゆけばもつと欲しいと思つてしまふ

生き方の正解なきこと思ふなり桃ジェラートを舌に溶かして

揺れる揺れない揺らす揺らさず　夢を見て夏の終はりの雨が近づく

umbrella 強く握つては駄目なのだ　明るい雨を頬に濡らして

花椒《ホワジャオ》に舌は痺れて水を飲む何度でも飲む夏の暗みに

壺を運ぶ

叩いたら涼しき音がしさうなり職員室の窓辺の薬缶

豚肉のしらしら冷ゆる脂身を怒りのやうに避ける会議後

プリントの束もてゆけば秋の夜の校舎はどこか宮殿めきて

舌下にははりつめた月を眠らせて俯く生徒の尖る耳見ゆ

割り箸の正しき割りかた沢村がエア割り箸で答へてくれる

にぎやかなさみしさたまる壺ひとつ月の裏まで運びゆけるも

会ひたいと思へばみづに砂うごき金魚の影が腕にゆれたり

宮殿の向かうに雨を見てゐたり現世をぬけて鷺の飛びたつ

岸辺

麻酔より覚めし夕べに輪郭のやさしき林檎置かれてゐたり

生き方が変はるかも、と言はれしを思ひ出したり日暮れの壁に

欠席の連絡告げるこゑがして夢の中より雨を見てをり

ゆらゆらと光寄せ来る教室の中心点をわれは探して

水面まで行つてしまへば戻られぬ沼があるやう母の帽子に

草色の付箋は多《さ》はとそよぐなり開けば本の岸があかるい

秘密めく昼の読書は鍵穴がまなかにみえる壺の一字に

血のなかを透ける光よ　起きあがるときにはいつも腕の力で

思春期のわれのさみしさ戻り来て鈴カステラを夕べにつまむ

ときどき、東のほうへ

階段をのぼるひとらに続かずにプラットホームの影とわたくし

山手線降りてゆつくり歩みゆく白昼夢にも影は伸びたり

ゆるやかに生きてゆければ　白玉をふにゆいと掬ひ分けくれる匙

ここは対岸なのかもしれない、曇り日のスカイツリーを眺めるひとたち

フロマージュひとくちわけて微笑みぬ　唇いつも憧憬の丘

茶葉ひらくまでの時間にきのこ入り饅頭の処遇決めかねてをり

曲線にゆるまりながら雫して中国茶カフェに並ぶ陶磁器

媽祖廟のあかりを見上げ御神籤をひとつ引き抜く息白くして

御神籤を何度もひらく手のなかへ記憶のあかりこぼして帰る

キリン商会

秋の水　訃報ひとつを聞き終へて口癖それを思ひ出しをり

うしろから雨が近づく街ゆけばキリン商会見つけてしまふ

ビニル傘すこしずらして確認す　株式会社キリン商会

雨止まずきりんを入れる箱のことしばらく思ひ一人うなづく

秋桜をしきつめてゆけ　わたしたち箱のふかさがわからないまま

安定の電気供給してきたとGoogle検索、キリン商会

このパンに厚切りベーコン・チーズならどれくらいの幸福だらう

地上までおりてゆくとき朝霧にキリンの首のやさしきかたち

花野通信

台風のむらさきいろの空なれど定時制高校体育祭開催

白きテントは古墳のやうに並びをり駆け足でゆく風の体育祭

風のなかテントの骨を握りつつ狩猟民族の血のこと思ふ

言ひだせば泣き出すやうな気がしてた夜の運動場に靴を汚して

すこしだけ毆つてみたくなるやうな紅色の鶏頭が咲く

ゆふぐれは行方不明の時間なり秋草ゆれる木犀揺れる

登校の生徒途切れて校門にひそりと立てる空刻があり

熱の有無書き取りながらマスクして夕方のＳＨＲ《ショートホームルーム》（２０２０《にいぜろにいぜろ》）

殴り書きつづきて文字が崩れゆく　すすき野原に散らばる彼ら

巻物を落としし前世あるらしと物落とすこと多き秋にゐて

秋草に死者はほほゑむ黒板に花野の意味をさらさら書けば

過去の夜も眠れぬままに文字を追ふ御簾のむかうに女官の寝息

黒々とわづかな傷が陽のいろを際立たせたり温みもつ柿

古希までを生きて何に生まれむか秋草揺れてもう一周忌

みちてゆく夜のつめたさ左手に危ふき重さを秘めゐる梨の

前世には違ふ名をもて生きてをり秋映といふ林檎売られて

あまたなるソファならびてさびしさが流れけるかも秋のニトリに

小春日

橋脚にすすきあかるく群れてゐて脳裏にかざすひとつ懺悔を

コピー機に排出さるる紙取ればほのあたたかく冬になるころ

枯山水の庭思ひつつ横長のお皿のひだりにモンブランたち

さはさはと肩に葉陰の揺るるともはなしの把手が見つからぬまま

こはるびのこころ疲れてゐるときはごんぎつねのごん撃たれしきもち

ポケットの鍵さぐりつつ進みゆく南校舎に雲を見上げて

誰かまだ居るかもしれず教室の闇をしばらく眺めてをりぬ

冬支度するやうにのるこんもりとキャベツは生姜焼き定食に

木綿豆腐をみづに放せばいきもののやうに沈めり寒き夕べに

匙

あやふやな歩みの父を待ちをれば曲がり角には秋桜あふれ

あたたかきポケットあること嬉しくて銀杏いちまい連れ帰りたし

家族とはもの喰ふひとの集まりと素焼きの皿に秋刀魚を取りて

秋の陽ざしをみづは流れてゆつくりと湯よりあがりし母のふくらはぎ

消音のボタンを押せば文字だけのニュースとなりぬ声重き夜

指先がむらさきしきぶの実に触れてゆびのさきから記憶となりぬ

ぽぽぽぽと独り言なり祖母《おほはは》の「ぽ」が部屋を満たしてあふれてゆけり

老ゆる身の不安は「ぽ」にあり祖母は認知症とふ病でもなく

ぽぽぽぽと言へば動かぬ足進みぽぽぽぽと言ふすき焼きの湯気

すき焼きの湯気ゆらゆらと上がりゆくぽぽとぽぽのあひだの現世

家族とふタペストリーを撫づるとき擦過傷めく記憶の匂ひ

千円を嚢のなかに手渡してほのあかりする父の右頬

抜き取りて匙はさびしきかたちなり崩れぬものが塩壺にあり

生の緒のながくながくと思ふ夜の鍋のなかより饂飩を掬ふ

暗がりにゼリーフィッシュの揺らぐやう癒えし身体を洗ひてをりぬ

遠くから祭りの音が寄りてきてやがて男のこゑへと変はる

夜の瞼を預けてみむとあたためて飲む牛乳のあかるさのなか

After dark

カステラにふあさりと倒れ眠りたし二十五時まで働きしあと

働きて鹿七頭と遭遇す意味なき三時半の帰宅のまへに

憎しみが兆してくればつるつると夜の階段終はりがなくて

こころまで潰れぬやうに過ごす日は見えざる柘榴が弾けてゐたり

膝小僧さらして細き生徒らのお洒落とは何　グレープ味のガム

黙ながき生徒を憎みずたぼろに冬の大根煮詰めてをりぬ

目の奥に雪降る湖があるのだらう伝はらなさはいつも残りて

煮詰まれば思ひ出しをり同級生みやがはくんの狐のお面

まだ雪にかはらぬ夕べ　シュレッダーに吸はする紙はあとどのくらゐ

きよらかな闇が見たくて教室のストーブを消し佇んでゐる

わたしたち働く駒でオムライス崩してゆけばあかるい夜だ

夕焼けはさびしき樹々を立たしめて記憶のなかの影深くする

悔しさはきしきし鳴るのに今日もまた橋を渡れば夕焼けきれい

また暮れてゆくこと冬の道長くバックミラーにあなたを探す

夕焼けはこはくするから唇づけを許してほしい冬の海鳴り

アヒージョのオイルがたぽんと鳴つたなら考へるのは辞めにSnow has not yet fallen《まだ雪は降らない》

たこ焼きをはふはふしながら分けあつてAfter dark　明日を話して

唇づけて右の腋窩にうづもるれば金木犀の降る闇の見ゆ

どこかの国ぢやなくてfire a missile　愛しいだれかの眠りに落ちる火なの?

死者といふ位置がわからぬＡＩの美空ひばりの声が聞こえて

覇王樹の花咲く朝に目覚むれば死者の声ありわれの一日に

冬のひかり

あたたかきもののごとくに冬さへも統べてゆくエクセルシオールの窓辺

珈琲を飲み干して聴くtango のノイズ　またマスクして扉を開けて

地下街に泉あらはれ踊り子のポンパドールのやうな膨らみ

新札が吸ひこまれてゆく首すぢがかたむく鳥のかなしみみたく

阪神《はんしん》電車で帰ればしいんと冬の陽に競艇場は東へ遠のく

ゆきふれば血の匂ひしてスケートがうまくなるまで母は見てゐつ

唇にひかりを置いて明日からの旅の話をまたはじめてみる

いちまいをポストに落としモールには旅のおみやげみたいな華やぎ

闇よりもひかりのはなしが聴きたくて冬河をひとり渡りけるかも

善きひとの冬のひかりを吸ふ髪のまなかに青き鳥のバレッタ

Youtube のビル・エヴァンスを聴きながら身ぬちにも降るひるなかの雨

Kのこころ

冬の木が清らに立てり黒板に「淋」といふ字を手が書きたれば

目に見えて自傷はなくも雪の白さんささんさら教室に降る

誰ひとり傷はなかりき音読のつづく教室は雪原に似て

遠くから呼ばるるやうに教室に船の汽笛はひくく響きたり

雪国にハンガー工場あることを知ればば空より雪をさがせり

衣紋かけといふ語がふいに懐かしく進路指導部の先生のはなし

採寸をするひとが触れハンガーは優しい人の肩をかたどる

風化とはまひるまの雪　空欄の目立つ解答用紙を重ねる

根性はこんなところに使ふなよ机直せばふたつある穴

雪雲へ届きさうなり細細と給水塔にのびる梯子は

しやうもない会議は続くポテサラのにんじん薄く星に切られて

書類から顔を上ぐればケムンパス描かれてをり窓の曇りに

Kのこころわかりかねたり眼裏《まなうら》に襖の隙のくらやみを見き

校門を出づれば背《せな》が負けてゆく焚火のやうな椿のやうな

雪にほふ夕べにひとは樹となりて胸にあなたを眠らすために

夕影にポインセチアもしづみこみ洋菓子店の扉きんいろ

夜半一人うつつに窓に寄りたれば雪は未完の葉書のごとし

（通知音とほくで鳴つて）冬の夜のねむりは繭に閉ぢられてゐる

いちぐわつ

夜明けあなたはさびしく笑ふ　冬の陽に覆された宝石のやうな眼

降る／降らない　天のこゑよりほかなくて雪はあなたの眼のなかで降る

ここは家だつたのでせう、門だけが冷えてゆきけり記憶の底に

ゆふぐれの空き地に見えぬ猫を呼ぶ先生のこゑ長田区西代

風花の匂ひがすればいちぐわつよ、いちぐわつよ強き夕陽を倒してゆくな

あんなにも駅がとほくて雪残る土を見てをり坂道の途中

いつせいに起立をすれば空はただ痛みのやうに白く眩しい

昏き海を立ち上がらせて図書室の窓のひとつがあをく灯りをり

透明な恐竜の背を見るやうにまなざしあげて少年はあなた

見つめても逸らせないから冬草が呼ぶのはここにゐないひとのこゑ

この街に祈る横顔照らしては渡されてゆくあけがたの灯は

山羊を見に行かうと葉書届きたり冬日のわれも白山羊めきて

手のひらをゆるめてゆけば春までを雪に濡れゆく蠟梅の黄《きい》

かすかなる雪のにほひを思ひ出づ東須磨駅あたりを過ぎて

まだそこにゐたかつたのだらう歩いても歩いても遠い春の灯台

灯されてゐるのだといふこゑがしてマフラーを巻く首が並びをり

みづいろのマフラーだけをしばらくは見てをり街に雪は流れて

あかりの影に

死は眠り　博物館をめぐりゆく時の窓辺に雪のダンスは

さうは言つても聖なるものだが剝製の鹿の顎は白いのさ、　雪

孵化をせずエピオルニスの卵には粒粒があり月面のごとし

氷から抱き上げられてきたのだらうマゼランペンギン小さな骨の

夢を見てゐるやうであり液体にセマルハコガメうすく目を開く

キンポウゲ科トリカブト属の一なるはしらしらとその花を浮かせる

タビビトノキといふ名前の不思議あり博物館のあかりの影に

たくさんの死に囲まれてこの暗き年に降る雪眺めてをりぬ

Gute Nacht《おやすみ》　ゆびはゆびまでたびをしてゆきのつめたさわかちあふなり

胡桃パン

胡桃パン冷凍庫より取り出せりこのリビングに春は遠くて

かろやかに水とお米をもみ合つて感染者数を伝へるニュース

（安心ですか）あたらしい傷／ふるい傷　掬ひあげるとお米はひかる

マフラーに子どもの骨を見つけたとニュースは流れ震災の死の

地下暗く落ちゆく水のあることの冬の駅までマンホールいくつ

震災の前月に往きし祖父の忌がめぐりくるなり梅香りつつ

マスクして静かに読めば教科書の徒然草に夕陽が差して

風花が街に流るる夢のなかゆめのなかでも声はきれいで

遠ざかる冬の記憶を仕舞ふ日に手袋片方失くしてしまふ

あきらめといふほどの決意あるもなく冬の空へと凧のぼりゆく

立ち止まり微風を頬に受けてみるただそれだけの一日の終はり

手の甲に蓮の匂ひのクリームをうすくのばせば空に触れたい

春の夜

夢に書庫ひとつあらはれそのうへに雲をのせたり東雲色《しののめいろ》の

小説に自死せる少年ひとりゐてその死を第五設問はきく

ことごとく花はひらきてマスクして見上ぐるばかり春の公園

くだけてはからだを抜けて遠ざかる子どものこゑも午後のひかりも

恐ろしきものの区分に鳩そして鯉を入れたり次発を待ちて

扉なき聖堂のごとほの白き桜は夜を埋めてゆきけり

横たはるもの思はせて春の夜は死者を呼ぶなり潮の香がして

桜見しのちの地下鉄静まりぬ臓腑の奥の暗やみに似て

誰を忘れてしまふのだらう足元へさざ波寄せてまた去りゆけば

かなしみが怒りのうらを流れゆく骨のくぼみに指あつるとき

飲食の音の途絶えし仏間より蠟燭の火の揺らめきの見ゆ

丈低き桜がいつぽん中庭のまなかに立てり降るのはこゑだ

やがて静寂　何を撫でしか手のひらに紐の切れたる鈴の天色

みやあと鳴くらし谷中銀座に購ひし七宝焼きのブローチの猫

たましひは空になるのと幼き日われは聞きけり泰山木に

こんな日はジンジャーソーダがよく似合ふ美術館には仏頭あまた

とほく死語　時ととのふる灯なり夜を揺らしてらむぷむらさき

けふ一日終はりてみればしんしんとみぬちを走る銀の川あり

やがて忘るることもあり春いつもさくらフラペチーノをゆるく崩して

ひかりの崩れ

声ひとつ玻璃となりつつ水鳥はひかりのなかへ飛び立ちてゆく

手のひらに逃してばかり春の水　遠いあなたへメールを送る

しろ皿を重ねてうごく光あり傷つけ合ひて痛みは増して

グラタンの皿にあふるるあの白いさみしさに似て春の握手は

体温を残しゆく手は遺伝子の舫のやうに眠りをつなぐ

みづからを失ひたき日もあるだらう春光のなか鳥は目を閉づ

風つかむ翼するどき鳥の目は空のさびしさ宿してゐるらむ

いつまでも忘れずにゐるよ、 その肩にさくらいちまい付けてゐたこと

降る花もだれかの記憶ひだり手がかすかに冷たい川べりを歩く

ゆふぐれに呼ばるるやうに振り向けば木々のあはひをのびてゆく影

記憶とは揺れながら燃ゆる舟であり漕ぎ出すたびに夕焼けあなた

風野原、みどりの栞、朽ちた椅子　みな柔らかき陽に染まりゆく

死は光なのだらうか真白なる喉のほとけのかがやきつづく

組み立てて崩す衝動起こりきて教室ひとり椅子を下ろせり

夕暮れの橋の上よりふりかへり伸びゆく影をしばらくは見る

いちまいにひとり忘れて指先に破れば紙のひかりの崩れ

うしろすがたに葉陰は揺れてもうそこに戻ることはない、夕闇の庭

写し絵ではなくひとすぢの線　春雨をあなたとずつと見てゐたい

ペルソナをはづしてごらん夕闇の桜を見上げてばかりゐるひと

あたたかな雨降る森を想ふやう深く頷くしぐさのなかに

終はりなき時間のかたち光の環つらねて浮かぶ夜行観覧車

窓の外にいつかまた会ふさくら花あなたを春に思ひ出しをり

someday

Someday と書かれしシャツの生徒から解答用紙は渡されてゆく

ゆふぐれに見知らぬ子どもの声がしてうすく窓あけ今日も聴きをり

まだ春は届かぬ手紙　こんがりとチーズトースト窓辺で食べる

かたすみの蜘蛛を逃せばベランダに夜が来てをり緑のよるが

川風に水のあかるさ清らかな記憶の循環　お皿を並べて

あとがき

春の、まばゆい光のむこうに校舎が並び立ち、ゆるく風が吹いている。日々は流れていく。けれども、一瞬、光が降ることがある。もしくは、影だったりする。

そういう一瞬をすみやかに言語化することは難しい。ひとまず心のうちに仕舞い、試行錯誤しながら歌を詠む。餃子を包みながら、春雨を聞きながら、夜の窓を眺めながら、感性がとらえた時間を歌にして暮らしている。そうして、不思議なことに、歌は現実を越えた世界を見せてくれる。

また、歌会や結社誌での批評など、作者をはなれて読まれることで、作品は新たな世界を得ることができる。コミュニケーションが生まれる。短歌を通じて様々な世代と話をすることができ、私の世界は広がりを持つことができた。

本書は、二〇一一年から二〇二一年まで十年間の歌を収録しています。歌のならびは編年体ではなく、季節がひとめぐりするように配置しました。短歌という定型への信頼をこれからも持ち続け、詠んでいきたいと思います。

誰もが想像しなかった現実が起きているこの時代に、本書が少しでも誰かのこころに寄り添うことができたなら光栄です。

こうして一冊の歌集として届けられることができた幸運を思います。本書にたどりつくまでの歩みに寄り添ってくださった黒瀬珂瀾様、未来短歌会の皆さまにお礼申し上げます。出版にあたり、青磁社の永田淳様、装丁の濱崎実幸様に感謝申し上げます。

明るい、良き風が吹いてきますように。

二〇二一年三月

野田　かおり

著者略歴

野田　かおり（のだ かおり）

未来短歌会会員
2016 年度兵庫短歌賞受賞

歌集　風を待つ日の

初版発行日　二〇二一年七月十五日
著　者　野田かおり
定　価　二二〇〇円
発行者　永田　淳
発行所　青磁社
京都市北区上賀茂豊田町四〇―一（〒六〇三―八〇四五）
電話　〇七五―七〇五―二八三八
振替　〇〇九四〇―二―一二四二二四
https://seijisya.com
装　幀　濱崎実幸
印刷・製本　創栄図書印刷

ISBN978-4-86198-497-6 C0092 ¥2200E